自分

月田小雪
TSUKITA Koyuki

文芸社

目次

美しい末路

私は全てを諦めたがっていた
けれど、思想は私の事を諦めてはくれなかった
いや！
私はたった一つの諦められない者の為
全てを諦めざるを得なかった
さながらオルフェウス
陰鬱に陽炎を魅せられた人間は
暗澹たる己の中に隠匿された
愛を見つけ出せずにはいられない！
与えられた分別で満足出来よう者なら
満足のいく不満足を

許しはしない
ああ！　私のエウリュディケ！
どこにいるのだ！
君が愛の象徴には成れず
愛の過程でしか姿を見せないのなら
私は愛を感じられないのだろうか
私のエウリュディケ
オルフェウスたる私は
君という愛そのものを
見つけたい焦りに駆られて
差し込める光も当たらない冥府へ
心を打たせたい気持ちばかりに先取られて
君を見つめていた筈が
君を見つめられる方法ばかり見つめており
君の事を忘れている

私のエウリュディケ
君を愛そのものとして譬えると
私は君を愛しているという行動を口に出せなくなった時
心配しないで
私は君を愛していると悟ったよ
私は君に支えては欲しいが
君に守られようとは思っていない
寧ろ君を守りたい事が
私に君の事を口にする
浮き足をどうにか地面に着かせようと
平静を保つ為に
君の事を話せなくなる
分かるね？　私のエウリュディケ
君が大事だからだ
大事過ぎて

愛が君という存在に相応しいか
愛が君という存在に逃げ出すのか
私は言葉を考えるよ
けれどね、私のエウリュディケ
言葉は陳腐だよ
今この瞬間にも
私の表現出来る文章が
隣を横切っていくのかと思うと
気が気じゃない
正気ではおれないよ！
でもね、私のエウリュディケ
言葉は陳腐だから
私も言葉を愛しているなんて
言えるけれど
本当に愛している君には

数多の表現を知っている筈の私も
言葉が出ないんだ
私のエウリュディケ
私は生まれた時に
君と離された事が
何よりの後悔だ
君に逢えるかもしれない死を
幸せと思うくらいには
けれど、私はオルフェウス
君を振り返られない
受胎を受けた過去も
これから逢えるかもしれない君の顔も
私は一生分からない
教えて、私のエウリュディケ
君はどんな顔をしている？

泣いてはいないか
ちゃんと無邪気に笑っているか
私は君を明るい方へ導く代わりに
冥府の暗いひと時を愉しむとしよう
そうすれば、共にいられなくとも
私のエウリュディケ
君は幸福だろう？
そして、私は幸せだ
幸福と幸せは違うものだよ、エウリュディケ
幸福など叶わない苦しみでも
幸せにはなれるのだよ
涙を流しながらね！
ああ、私のエウリュディケ
君の弛まぬ美しい正気に
私は狂気でおらざるを得ない！

さもなければ
完璧に美しい感性を保てる君のような
朴訥たる理性ではいられないからだ！
私は狂気を演じる事で
君のような正気を保とうとする
理性的個体形相人間だ！
私のエウリュディケ
美しき私の中の君を
他の誰にも汚させない
この私であっても
ああ、私のエウリュディケ……
君と離された上に
もしも
もしも死をもってしても
私は君の顔を見ようとして

逢えないかもしれない
けれど
けれど！
お願いだ、聴いてくれ
私のエウリュディケ！
同じ悲劇でも
人から賜るくらいなら
自ずから悲劇に進む方が
幾許も私に優しい！

愛された事に気づけないのはどちらか？

甘美なる嗚咽の息に呑まれた
君の叫び声を聴かせ賜え
才たる果ては
眩暈の生きた証を
数え直す事
汝、我はポリュペモスなり
恋愛の怠慢は
信じる心から始まる
喜びを窘める不安に脅かされた
欲望を貪る懈怠の正体が
自らの御心に宿った時

相手を信じようと誓う事で
怠惰になった悪徳の己から
逃げ出すべく
その正体が御心に宿る前へ
帰ろうとする
つまり
相手を信じる事は
相手を疑ってしまった己に
恥じいた疑念を有する前の自らへ
戻りたい己に対した問いかけ
その者が信じようとするのは
その相手ではなく
自らが純潔である事
それこそが恋愛の怠慢であり
愛を営む人間の美しさ

眠る君の残酷な睫毛
光に託された艶は
涙を浮かべているようで
固く結ばれた目と唇に相見える
死人の如き顔面の蒼白さに
己を映し出そうとする強欲の黒き生が
彼女の寝顔に泥を塗る
君が生きていたから
愛しているなど
君の魂に反する優しさ
生き永らえるに於いて
優しさが私達へ打算を齎すのは
私の君を愛しきれてはいない目眩しか
私の君に対する言葉を尽くし過ぎた為か
彼女は潔白だ

そして誠実で広い視野を持つ
対する我は醜い
自我だけが肥大化し
一つしかない瞳は狭窄する視野を
拒む事が出来ない
私の人生に於けるたった一つの幸福は
この浅ましく利己的な瞳で
君を見つけられた事だ
そうして我はどんどんと醜くなる
無邪気に眠る君の姿を
この世に例えてしまった劣等感は
君を見るにつれて
くぐもっていく
私は葛藤と溶け合い
いよいよ見るに耐えられぬ姿になったのか

劣等を曖昧にして
不釣り合いな希望を抱くようになったのか
どちらにせよ
我に幸福は似合わないらしい
見るに耐えられぬ醜い浅学非才な我の姿を
彼女にだけは悟られたくない
君への希望を込める我の涙を
彼女にだけは隠しておきたい
汝、我はポリュペモスなり
君の名も軽々しく呼べぬ遠慮は
私の劣悪な自尊心をとうに見透かし
我を陰に付き従うようにさせた
私は君を応援している
生きるに於いて死人同然の私が
初めて生きてほしいと願った人

けれど
もしそれ以上の我儘が
稚拙な我に許されるのなら
君がその哀しい瞳を開けた時
〝ガラテア〟
瞳を真っ直ぐに見据えて
君の名を呼ぶ事を願う
そう願っているだけで
君に求めたりはしない

靠

果たして、理解とは秩序ある謂れに於ける〝理解〟の形象を私に抱かせるのだろうか？

密自連的滑車で自己が降下していく

示唆的人間性に富んだ堕落的作用という名の絶望

愛する上澄みに溜められた求心力が甘受的讃美性という名の愛される行為能力を表面化させた裏の愛そのものを私は知っている気がしない

不満足が持ち得る頑張りの顔面に浮かべた努力という名の烙印が押されない場合に対

処する溜飲の下げ方を教えてくれ

見えなくなる凝視に愛想を尽かした思想への執着により沈黙が問いかける錯視を燻らせた無音は相槌を打たせる

私の意識により個別化された人格を原理とされる物達の悲鳴

吊り下げられた布切れのぼろぼろが蛍光灯に照らされる様子はまるで空に殺された処刑者に当たる太陽

穴の空いたビニール袋に反射するのは私ではなく私という人間の顔

電子音が鳴り響き渡る頭で微かに過るのは反省が教示した心臓の無呼吸

希望がさんざめく白昼夢から起こされる倦怠

思考の破片を陽気な音楽に乗せて思想へと繋ぎ合わせるのに血が滲む包帯は付き物だ

大いなる観念の歯車が飽くなき具体を飲み込もうとした圧迫に嫌悪する私の抽象を貪るのは自然に蔓延した摂理

背景と同化する喧騒から踏み外したものは私と喧騒自身のどちらか

弛まぬ文筆の寄せては返す波に似つかわしいダイクストラが最短を歩むと撒き散らす欺瞞かのように錯覚する丸みと遠い距離

あの微笑が忘れられないから美しき桃源郷のお眼鏡に適いたい

おはようメルセンヌ、君が始まりと君自身しか受け入れない思想は私と違っているから好きだよ

床に密着させられている珈琲を嚥下した眩暈とふらつきの息苦しい浮遊感に見出す溢れる感受

リズムに乗る音楽の囁きが出会したのは精神が吐血する笑顔か肉体に連れられる精神の安定した単調か

如何なる道徳も良き倫理もかなぐり捨てようとした貴方の覚悟を知っていたが故の応援と題して望みを叶えてあげる私はきっと怒られるだろう

ありきたりの美辞麗句にとっておきの反応を示してくれる無垢が翳すどうも冷たく閉じ込みたくなる私の排他

普通と独我に対立される劣等感の重い軋み

花崗岩、風化させるように創った岩漿の君をもう撫でるように磨けない犠牲を恨むのならば私は何を恨めばよかったのだ？

懐疑を滲ませた涙で見つめているから言葉を信用出来ない盲信が私に思想を愛させた

良ければジル、私とタンゴを踊りましょう。笑顔に涙を流しながら演じる道化は止めて君の苦しんできた人生のリズムで共にステップを踏もう

手を上げない万歳で堕落を推奨しては苛立たしげに顔を背けさせる勤勉の努力をしたくない私は天邪鬼

崇高なる小説の誇り高き魂を我が子同然に愛して守りたい意志が命を投げ捨てさせる

明るさを努める為の薄暗がりに曝された不安を欺いた微笑は人々からの手向けられる賞賛に驚く

有ると思い過ぎたが故の全を見つめる程に無が到来するのは有無のどちらとも言えない真実

皆の道徳が赦されざる敬虔な信仰を糾弾した暁には緞帳の降ろされるかの如き道理が外れた美しき倫理を私だけが信じよう

蒸し暑い湿気に凍りついた嫌悪の灼けるように痛い傷痕

青い空が閉じ込める不条理に冷やかされたアパシー

虚脱思考の形骸化を図ろう

私を殺害する創造性に生かされた福音

血肉を別つ聖体拝領が統合される祈りとしての希望は私に例え得る押し殺した願望故のけんもほろろ

凡庸な満足中枢に満たされる価値の中は透明な遮幕が下りた事により全てを見晴かせるかの如き虚妄と共に人間を匿おうとした安寧

人は逃げる幇助としてしか私の中のエウリュディケに逢わせてはくれないのか？

人間の流浪に嘲られた真理を体系化させたいポリュペモスは己の一つしか与えられない瞳を愛する概念としてのガラテイアへ向かわせる

去り行く実在の腕を摑みたい思いに沈んだ本音は迂闊な私自身でも感じ取られる喜びを素直に受け入れられない実感を殺す無

タウマゼインの皮膚を被る不埒な変化

鵜呑みに出来ない褒め言葉は感受の矢庭な私が狡猾で密やかなる明媚に明け暮れ過ぎた希望の無い自信である正体は行き過ぎた過信

耽溺たる艱難に栄光あれ

緩やかな自己解離に現しとしての接吻は己の手でピグマリオンが解脱させた自らに恋をする生命のガラテア

美しさと醜さの対価関係は払われた己を滑稽にし尽くす時代から礫にされてしまった人間だけの地面を見下ろし続ける醜さに代償として美しさが授与される

水滴の上にさえも腰掛ける脆さに雪崩れ込むソリチュードの艶かしい記憶

宙を仰ぐ瞳のアパテイア

愛した己が夏の季節に感じられる暑さで未来の構図とした秋が予感される概念に夏の
忘却を指示されながら憂鬱へ身を投じる恐怖の雪月花

罪深きエロアの雫に重ねるは私自身の解離した自分に向けた愛

焦がれる程に求めてしまう自分を信じられたなら罪と罰は私になど興味を抱かなかっ
たのに

実在の帰りを待つ夜はいつまで続く？

多分、私はもう

この世には生きていない

プロメテウス

〝聴こえるか？　我の聲よ〟
〝音色を奏でる言語の容色に〟
〝君は虜だ〟
〝睡りたい布団の血液が〟
〝お前に苛を慎ませる心臓の〟
〝プロレタリア〟
〝気を腚と受け持ち〟
〝愛する孤年が経過させる〟
〝君自身のアリア〟
〝内に突かれた〟
〝大鷲の押し寄せる楽観が〟

〝君にパラノイア〟

〝灼ける闇に湖の固まりを〟

〝血に置き換えた兄弟が〟

〝君をアムネシア〟

言葉

這い寄る言葉が唇に吸収された時
有り体な文を掃き出すと見せかけて
体たらくな文の形をした蟲を吐き出している
口の中一杯に溜められた蟲は
涙一滴垂らしてやれば
死に至る
部屋の隅で動けない
埃に被れた小さき蟲は
かろうじて生きていたが
一瞥されながら間もなく殺される
慈悲という気狂いに

優しさは決まってこう言う
〝もうすぐ楽になるからね〟
手にかけたのが私なら
私は一体何を殺していたのだろう
手にかけられたのも私なら
私は一体何に殺されたのだろう
埃に戯れる息苦しかった蟲を
写真のように覚えていられたら
足りない真実に飢える事も無かったのに
それが荒い画質なら
尚更生きる事に必要な曖昧さを持てたのに
誰もが怖がる蟲を
優しく両手で抱くのは
残酷なものなのだろうか
一蹴して蹴飛ばしてやれたら

慈悲なんて惨い希望
期待せずに済んだろうに
私は愚かだ
変わり果てた姿を見せる蟲にさえも
見捨てられた苦しみを重んじて
殺してしまうのだから
それが優しい慈悲であっても
怠惰に成り変われはしない蟲は
自ずから肉体を粉々にする
まるで
人生を犠牲にした気高さは
精神の思し召し
心の具現化
ならば
写真になども写れない事は

屡々良くある話ではないからこそ
この蟲は生きる
見上げた瞳の死角になる面影は
この蟲が生きていると言えるのだろうか
だから蟲は
面影が流している涙にさえ
気づきはしない
そういう時に私は決まって
右胸を摑む
そこに心臓の現実は無いからだ
現実とは生きる事ではない
寧ろ死ぬ事だ
そうして私は
私自身に手をかけられて
殺された蟲に深い憧れを抱いている裏では

死ぬ事の無い心臓を欲している
何が苦しみだ、何が優しい慈悲だ！
結局、己の欲望ではないか！
涙に堰き止められた恍惚を
見た瞬間の私の顔
どうぞ、笑えばいい！
己の狂気にさえ悦びを隠せない
自らの事を律する事が出来ない
凄まじい恐怖に見初められた絶望！
どうぞ、生きればいい！
私に殺された蟲達
その潰された身体を
そっと両手で包み込んだら
私を未来永劫恨んでくれるか？
そうして私の傍を離れないでくれ

お前達の死骸で精一杯苦しめられたら
それは優しい慈悲だろう？
どうぞ、死にに行くがよい！
蟲達を看取って殺す代わりに
私を放置して孤独にしてくれないか？
蟲達よ
お前達だけを死なせて
私は慈悲を語るような人間ではない
お前達が殺された恨みを買って
私は誰にも看取られずに自死を選ぼう！
そうしてお前達を手にかけた
憎き私の身体へ蛆のように這い寄り
皮膚に塗れた肉を骨の髄まで
喰らい尽くすがよい！
蟲達よ

自ら達を殺した憎き人間の最期に
手厚い拍手と鳴り止まぬ歓喜を！
そしてどうぞ、嗤ってくれ！
これこそが蟲達への優しい慈悲であり
私だけの苦しみだ！

何故

〝何故と問うなかれ〟
〝死の現象に御身を解放するのではない〟
〝死そのものに精神を束縛されにいくのだ〟
或る人の手紙は告げた
白い便箋に流石の不安定さで降り注ぐ
蛍光灯の光が
私を安心させ、祝福してくれるものではない事は
眩しく揺らぐ光線の
死を否定する黒い影に
垣間見える
私は限度を弁え過ぎている

死は目論んでいるのだ
……何を？
死が、何を目論んでいるというのだ？
その礼儀も知らぬ愚かしい口で言ってみろ！
私は知り過ぎている
そして
知り過ぎた人間というものは
いつの世も愚かだ
しかし
私は滑稽な己を愛している
だからこそ、知れる
皆の者
愚かしさと浅ましさは違う
愚かな偶像を
跪きながら己に課し続け

営みきれる者程
立派な人間はいない
私は物事を知らぬ人間は嫌いだよ
彼らは浅ましくなりはすれども
愚かしくなろうとはしまい
醜い汚れた己を
さらに穢そうと思えるくらい
愚かしくなれない事が浅ましい
具体としての抽象は役に立たないが
概念としての抽象は役に立つ
分かりやすいものは嫌いだ
柔軟に誼を差し向けられた複雑は
厚かましいその恩義に
烏滸がましさを覚えつつ
秩序立てられた概念に

単純化を図る
分かりやすさと単純は違うのだ
私は今日も部屋の片隅で
暗闇の視線を感じる
あの甘い微笑みを浮かべた眼差し
易々と受け入れてくれそうな優しさに
私は耐えられなくなり拒絶する
私の独我が
他者から見れば物言わぬ暗闇も
己を受け止めてもらえる沈黙へと変える
物言わぬ事と沈黙を貫き通される事
どちらが耐えがたいかなど
お分かり頂けるだろう
しかし
私は何故に今日〝も〟と

口走ったのか
今が続いた今日は
新しい今日であって
己に指し示すのならば
〝私が今日は〟
ではないだろうか？
けれど、そんな事はどうでもいい
私の賢者は人生が続こうと続くまいと
精神を気取られてはいまい
彼女が気にかけているのは
これを読む暗闇に捌かされそうな
私であり
彼女は死の目論む
暗闇の甘い微笑みを浮かべた視線に
理解はせず

共感を向けている
彼女は己の愚かしさに気づき
知っている事で
理解しているとは口に出せない申し訳無さを
守り続ける賢者そのもの
彼女が聖者になれないのは
暗闇に見初められた
いや
死に見初められた
女神だからだ
死が彼女に惚れて
神にしてしまったからこそ
彼女は天使にも悪魔にも聖者にも
成れなかった
死は愛する彼女の涙となり

この震える文字を書かせた
果たして
彼女は死を愛していたのだろうか？
〝何故と問うなかれ〟
それは彼女にとっては
理解する必要の無い事
彼女の行う解釈は
私にこの手紙を授けた事であり
事実ではなくとも
私の独我が受け入れさえすれば
彼女の意向は認められる
私の執筆は矢庭に動く
〝私の厳かな親愛なる賢者よ〟
〝私は今こそ己の遠慮が混じる烏滸がましさを捨て〟
〝その愚かしさが敢えて厚かましい浅ましさを携えながら〟

〝真の論拠ではない根拠を話そう〟
〝君が愛された御礼に死への手向けとして涙を流した事〟
〝今尚、君の親愛なる私が暗闇に拐かされそうになりながら〟
〝拒絶を繰り返す耐えられなさの裏には〟
〝暗闇という未知の概念へ向ける知的好奇心〟
〝君は〟
〝私が魅せられそうになっている優しい暗闇が〟
〝死そのものだと思ったのだね〟
〝君が愛された死を私が愛する〟
〝その事実が解釈などでは変わらない事を知って〟
〝私を理解出来ない胸中に苛まれながらも〟
〝いや、私を理解出来なかったからこそ〟
〝君の事も私が理解に苦しまないように添えられた前書き〟
〝〝何故と問うなかれ〟〟
〝あの言葉は君の私に対する優しさだ〟

〝そんな気持ちを知れるように〟
〝私はその為だけに己を愚かしくした〟
〝私の厳かな親愛なる賢者よ〟
〝君は物言わぬ者ではない〟
〝沈黙しているのだろう〟
〝だから私は君が何を言いたいのか分かる〟
〝私はたった今烏滸がましさを捨てたので〟
〝物言わぬ者でも沈黙を貫き通す者でもなくなろう〟
〝君は私に生きてほしいのではない〟
〝生という人生が続こうと続くまいと君にはどうでもいい事だ〟
〝君の死に認められた涙は〟
〝死に対等し合う女神となった君と〟
〝君しか愛してはいないからこそ〟
〝他の者の精神は涙を流させる余裕さえ与えない〟
〝束縛だけの無を私に差し向ける死〟

〟どちらを私が愛しているか、だろう？〟
〟賢者たる君は知っている〟
〟私が死を利用して、君に逢いに行くのか〟
〟私が君を利用して、死に逢いに行くのか〟
〟きっと、私に共感出来ないのだろう〟
〟そして、理解も出来ない〟
〟ならば、言おう！〟
〟何故と問うなかれ！〟

血

言葉の溺死体
亡骸がふしだらに歩み出す
私に微笑ませる指揮を取った観念は
嫌味な程照れ屋でありながら
くっつけただけの瞳と唇が
今にも繋がりそうなくらい
顔面としての完全化を重要視しているらしい
私を見つめる丁寧な蔑みに
どうやら思索の全容を凝らさなければ
撓む事のある表情は
繕えないらしい

意地が張っていたのは
彼女に対する泥の塗れた中傷紙ではなく
寧ろ不変を捗々しく行う為の抗議
忠実な下僕に成る期待をかけられた声は
恐ろしい程の冷めた目つきで呆れ果て
ようやく絞り出した言葉を
半分に噛みちぎる
胸を貫かれた語彙は
己の怒りを声に明け渡す事も
許しながら内心の皺が埋もれた脆弱さに
微笑む事も出来ない
怒りは死後硬直が始まり
貫かれた内心は最早原型を留めていない
意地は語彙への罪を
頑なに認めようとはせず

観念はその様子を見下ろす
綺麗な断罪者として
詐欺師の役割を果たそうとする
皆が彼女の姿に揺蕩う美しさに
魅了されて瞳を奪われる時
正しくそれが彼女の受ける罰であり
彼女は己の美しさに負けた対価として
己の美しさしか見てはもらえない
綺麗であり過ぎたが故の圧迫と潔癖は
彼女の微笑みを完璧なものにさせた
即ち、彼女は二度と不完全には成れないのだ
語彙はそのまま横たわり
血を流し続けてはいるが
誰も飲もうとはしない
この場の踊り子達は

実在も実感も必要としない
私であるご主人の気に病みもどこ吹く風で
誰も飲もうとはしない
誰も
蒼白に為りつつある語彙を
自己は自らだと思ったらしい
少しの時間で賭け事に興じていた皆の衆は
自己が死する事は良しとしても
亡くなる事は避けたかった
語彙の流れる血を一瞥した一人が
呼び鈴を鳴らす
黒く塗り潰された生が
斃れる語彙を抱き抱えてから
時間を巻き戻す
生が横切り語彙と去っていく時

彼女は呼び鈴の紐を握って
己の力に妙な高揚感を覚えながら
微笑み続けていた
皆の衆は彼女に罰を受けさせるべく
彼女の美しい微笑みに見惚れていた
黒い生が行った時間の改革は
誰も傷つかない楽園を連想させては
皆の衆を喜ばせたが
忘れてはならないのは
ただの巻き戻しである事
貫かれた語彙の血に
自己が己を見出さなければ
誰か一人がその生命の血を飲めば
これから訪れる惨劇を
また見る事は無かったのに

しかし、一番悲劇を狙っていたのは
観念である彼女
巻き戻される生に
また彼女は罰を受けなければならない
美しさだけが鵜呑みにされて
彼女だと決めつけられる事
己の罰を受けるが為に
語彙をまた間接的に殺す殺人鬼
彼女は握った呼び鈴に罪を感じる
彼女の罰が罪を呼んだのは
誰を痛めつけたかった為か？
皆の衆に知らしめたい訳ではないであろう
陽気に踊り狂う踊り子達さえ
踊りを止める彼女の微笑みに
どれ程彼女は苦しんできたのだろうか？

私の自己が死すだけで
亡くなりはしない不変が
どれ程彼女を楽にさせないのだろうか？
彼女は不死だ
死する事が出来るからこそ、亡くなりはしない
彷徨い続けるが良い
それが私の彼女への復讐であり
彼女は私の復讐に己自身を見てもらえた喜びに
涙を流す
私の復讐は黒い生が語彙を繰り返させるよう
自己が勘違いの同情を向けた事により
間もなく私自身へと舞い戻る
私は不変か？　不死か？
不変の不死であるのに、死すのか？
それとも死すから、不変の不死であるのか？

彼女が受ける罪と罰
私の復讐
どうやら私達はとても良く似ているようだ
彼女は死にはすれども、亡くなりはしない
私は最早生きながらにして、死んでいる
死人同然の屍は生きている不死であり
私の中の踊り子達もとっくに死んでいる
死の概念を手に入れる未知への知的好奇心は
今この時をもって消え失せた
観念よ！
私はお前の美しさには魅了されない
共に亡くなる事の無い死の世界で
語彙の血を飲む事もないまま
一瞥し続けよう！
そうして生に繰り返させ続けて

お互いの罪と罰
そして、傲慢極まる不出来に成れない完璧と
共に微笑みを繕いながら
共有して生きよう！
共感出来ない互いの人生を
踏み潰し合いながら
己の所業が自らに還ってくる苦しみへ
亡くなれない絶望の笑顔を添えて！

私

〝擬似飽和体験により〟
〝定められた中枢神経が〟
〝人間を人たらしめるのならば〟
〝偽造の一途を辿った者は〟
〝それを楽しい思い出と嘯くのか？〟
〝瑣末欺瞞資質により〟
〝認められた末梢神経が〟
〝言葉を理たらしめるのならば〟
〝錯誤の一途を辿った者は〟
〝それを良い体験と嘯くのだろうか？〟
〝では〟

〝楽しい事と良い事は〟
〝果たして同じ仲間なのであるか?〟

夥しい量の懐かしさが
記憶による重みを感じさせた錯覚は
感情からの稟議が行う
理性への確認行為
承認された感情は
脳が是認してくれる限りに於いて
私に持続する
私として

〝相対的価値観の空白〟
〝及び空間内に潜む余白は〟
〝人間に対する無の呼びかけをしない〟

〝些かに疑問ではあるが〟
〝無が有ると人間は表現する〟
〝対して〟
〝絶対的価値観の在処〟
〝及び空間内に忍ぶ所在は〟
〝人間に対する有の呼びかけをしない〟
〝聊かに瑣末であるが〟
〝有が無いと人間は表現する〟
〝では〟
〝果たしてこれらは〟
〝パレイドリアかシミュラクラか？〟

急に視界が生々しい
触れる視界に
触れない私がいる

物体は最早認識の興味を超え
物質の感触に髄液を垂らす
存在として選ばれた者は
実在として選ばれない者であり
宛ら足りている解釈と
足りていない事実は
屡々一致しない事の
起きやすい注意により
所見を要求する
患者は
この私自身である

〃要求認証試験によって〃
〃絶対的単一性を保持する自己は〃
〃相対的同一性の齟齬を懸念した〃

〃所謂自己の確立であり〃
〃その実態は自己の離人である〃
〃患者はそうした事実に於いて〃
〃自我の記録が脳内で経験された事を〃
〃記憶として体験はしていない〃
〃及び自我の剝離という要請を〃
〃己が是認した事は知っているが〃
〃理解はしていない〃
〃宛ら自己と近過ぎた為と思われる〃
〃果たしてこうした事実は〃
〃この患者にとって〃
〃エクスペリエンス化された〃
〃レジリエンスに繫がるのかは〃
〃私が所見を受諾するか否かにかかっている〃

喉の奇妙な空間に
私が収まっているのならば
この乱れた息遣いの
我先として自らを鼓舞しようとする
悦びに私が放置されている事を
見ないふりが出来たのかどうかは
知る由もない
自らの決断した選択を努力という人間は
その選択を後悔し始めているか
努力という言葉の意味を履き違えている
頑張ると鼓舞しなければならないのなら
その物事に嫌われているからだ
自らの責任の所在を
努力で片付ける人間は
自らの選択から逃げ出した盲だ

自らの選択の所在を
頑張りで追い出す人間は
自らの責任から投げ出した盲だ
しかしどちらも盲である事に変わりはない
よって取るに足らない
だから私は
悦びを努力とも頑張りとも言わず
悦び自身の放埒として鼓舞を見せた
悦びに放っておかれている
だから私も
悦びに放置された事実を
知る由もないと選択する責任を
誰にも明け渡すつもりはない
よって沈黙を希求する
その為の鎮静剤と

静謐な空間を所望する
患者は
この私自身である

〃投与の是正に於いての注意点を勧告する〃
〃何を投与するか〃
〃何に投与するかである〃
〃文字配列の巧みな紙面に〃
〃そのまま同じ文字配列を重ねれば〃
〃表面上は文字が独立し得る事は無い〃
〃よって患者自身の違和感に準えれば〃
〃誰も患者が独立している事に〃
〃気づきはしない〃
〃たとえ振戦が起きたとしても〃

〃誰も患者の止まらない衝動に〃
〃気づきはしない〃
〃これらの情報から〃
〃患者に対する処置として〃
〃患者自身を差し向けてはならない〃
〃単一性の不信と同一性の齟齬を鑑みるに〃
〃私はどうやら言い方を間違えたらしい〃
〃適切に言い換えるのならば〃
〃誰を投与するか〃
〃誰に投与するかである〃

どんどんと暗い両手が
背後に回り込んでは
私を押している気がする
その際

胸を押されているのか
背中を押されているのか
方向の機微に乏しい
左右は幾重にも切り替わり
下は深層を意図しているらしく
彼らは私の離脱を祝福する面持ちである
けれど
私には何故か上だけが見えるのだ
精密な記録ではない確かな記憶が
私の真上に在る気がするのだ
だから
何処から押されているのか分からない両手に
感情を明け渡した理性は
私を持って行かれないように
空に私の片手を仰がせるのだ

光る雲の隙間で何かを見ている陽光
光？
黒い両手が生きている事の証なら
白い陽光へ手を伸ばした私は？
あの白き光の暖かな冷たさに
私は自分を思い出したような気がする
自分は私の理性に
厭世たり得た死ぬる肉体を
凝視して
酷く嫌な顔をしているので
自分は私に肉体を授けた事を
後悔している風だ
いや私の実在を努力とは思っていない筈なので
後悔とはまた違う
あの瞳には

寧ろ私の存在という概念を受容したいからこそ
実在という体積の価値に
訝しむ疑問が浮かんでいた
私はその時
この理性が選んだ片手を仰がせる意味に
勘づいてしまった
よって
私の片手が
理性持ち寄る私の実在に起因するのか
感情持ち越す自分の存在に起因するのか
その際
実在を経由して
知覚に許可を得て存在へ注視する事が
概念の思考エリアを増やすのか
存在を経由して

知覚の認識が及び易い実在へ累次する現在が
概念の思考エリアを構築するに過ぎないのか
はたまた
存在そのものの
自分という私に片手を泳がせる本質を
実在無くして概念化する事は可能であるか？
元より
私の記録と記憶
双方にアプローチを施し
現在毎の区切りをつける事で
危惧無き究明を願いたい
患者は
この私自身である

〝自我の使用責任が問われる緊密化に於いて〟

〝患者を変化させない事に注力する〟
〝自我に則る統合的疎密試験体は〟
〝元より変化の起伏には耐えられない〟
〝自ずから自我を顧みずに〟
〝変化の素養を自らに向けた者は〟
〝己が変わった事も分からないまま〟
〝そうであるからこそ〟
〝既に生じた己の新しさを更に追い求め〟
〝自ずから自我を潰す〟
〝宛ら自己統合に基づいた〟
〝自信故の愛着心が〟
〝自らに於ける分離を促し〟
〝解離とは概念を共有しない〟
〝その限りにつき〟
〝患者の興味趣向等は〟

〝統合的疎密試験体が自我を寄与しない〟
〝現象が可能かどうかであり〟
〝患者の止まらない解離主である〟
〝総合支持体を〟
〝絶対的価値観に思考の秩序として〟
〝相対的価値観に思考の羅列を図る他者に〟
〝患者はこう記録した〟
〝オントロジーに濡れ衣を着せられた〟
〝トートロジーか？〟

耳障りの良い背後の蠢きに
私は音を見た
彼の気持ちの良いステップに
私は何故だか酔いを感じる
それは

彼が動いているのに
視認出来ない程には
動いていない妙な気持ち悪さ
新しい事を生み出すのは変化ではない
変化していないからこそ
変化を感じられるのならば
変化する人間は
自ずから変化している事にも
気づきはしない
退化も変化だからだ
人間は堕落する為の浅ましい変化には
いち早く喰らいつこうとする
私はいかに変化しないまま
新しい事を生み出せる変化が
見つめられるかに賭けている

真理を牛耳られるのは
変化出来ない愚かな人間だけだ
彼はそう言い切った私に
酷いと呟いては
顔を覆った
拗ねた彼に私は
瞬きもせずに
視界の中で彼を動かそうとはしなかった
そして
彼目掛けて人差し指をあげた
泣いているふりをしながら
嘲笑っている顔を隠す彼に
彼は満足そうに
私の頭の中から
音としては消えた

私が希求した通りの沈黙が
満たされ始めた時
間もなく始まるだろうと思った
所詮人間は
皆循環に落ち窪む定めなのだ！
循環に嵌り込む事で気づかない有象無象達め
だから私は
螺旋に行こう
間違えれば堕ちていくだけだ
患者と共に
よって
私の実在による背後の
存在である自分という概念を
総合支持体として選択する
患者は

この私自身である

〝患者自らの承認案は〟
〝私と共に有る事の目的であり〟
〝手段として自身の解離を迷わず〟
〝選び取った〟
〝その際に於ける〟
〝視線、表情、口角、眉等の微細な動きは〟
〝何一つ確認出来なかった〟
〝冷静且つ変動の差異が見られないこの患者は〟
〝病的素質の持つ要因を有する人物ではない〟
〝自ずから〟
〝記憶を操りながら記録をつける〟
〝自我の本質として〟
〝総合支持体である自分を〟

〝背後の存在に於ける〟
〝解離へ是正を行える相手に〟
〝私を選択している事から鑑みるに〟
〝所見を受諾する事の貢献出来得る〟
〝概念化は非常に大きい〟
〝患者の機微に対する配慮を持ちつつも〟
〝確認の視認が出来ない事は〟
〝私に紐づけられた記憶としての値であるか〟
〝記録としての値であるかに置かれた〟
〝有用性を患者は〟
〝最早放棄している〟
〝よって〟
〝この患者を取り仕切る医師として〟
〝私を是認してくれるように要求する〟
〝間違いがあればいけない為〟

〝繰り返そう〟
〝その際の〟
〝患者は〟
〝私自身である〟

テンペストのリズムで希釈か濃縮か？

これが現実感の喪失という事か！
有るものに対する論理
概念の顔色を窺う事には
どうやら論理は通用しないらしい
テンペスト！
私の御心に吹き荒れるがいい！
お前を求める期待の欲望が
釘で打たれたように
凝結して動かない事を願って！
だから、お前は自由に生きてくれ
私は磔にされた遠景から

お前を見守っている
いつも艶かしい瞳を
お前から離さないように
血を流しながら見開いたまま
腕と脚は私の狭い視野で
思想に縛られている事が見えないように
背中に意識を向けられない
冷たい板だけが私を支える
空に揺られて振り向くお前が伏し目の理由
熱情という名に冠を被せられた期待は
人間を惨い微睡みに堕とす冷静さと
人間が己に賭ける希望に耐えられず
甚く暴れ出す
欲望の吹き荒ぶ日々へ
お前を宛がう事など

私には到底出来やしない
お前を責め、歓喜し、贖う
人間の無意識的な積極さが
私を間接的に苦しめる
起きた夢の手に落ちる現実は
私もお前も
当分は眠れないみたいだ
眠れない？
眠らないの勘違いだ
私もお前も
少しの言葉に思ってもいない虚偽を挟む癖
どうにもやめられないみたいだ
磔にされた身体でも
思考までは磔に出来ない
私自身の肉体が介入させられないなら

お前は私の思考を思想として
礫に縛ってくれるか？
ならば
お前が誓う感謝の印に
私の腕は動かないが
お前を抱き寄せる事が出来たなら
瞳からすり抜けていく
両手の軽さに
私はお前自身を見れはしないのだと誓う

衒い亡き覚悟

私は自分に愛して欲しかった
生きたい理由と死にたい理由が
同じなのは
私の道徳が倫理を探そうとするからだ
崖崩れに呑まれる道徳の
敬虔は類推が齎す思考
雪崩れに埋まれる倫理の
衝動は思想が商う産声
その叫びには崖に切迫した
道徳も叩き潰される精神の窓辺が
確かに心にあった

生きる願望に願われたのは
私でなくとも良かったが
死ぬ希望に夢見させられるのは
私でなければならない苦悩の
呻吟というひとひらの皮膚が
窓辺の気持ちを肉体で押し殺す
そんなものに私は居ない
弱き笑いの踏襲に民衆が導かれるなど
言語道断だ
強き涙の消失に私が導かれなければ
自分に信じてほしいなど
信じる気持ちを疑いの前提で見ている私が
裏切りを被ってもよい覚悟など
知る術も亡くなる
害する心の瞳に映る鏡は

己を見られない私の顔にそっと撫でる
あの粧いも施していない
柔和な微笑みを反射に浮かべて
今まで見てきた私の中で
一番美しい私を描いた光は
死する事に躊躇えない精神に
傷ついたと言えなかった安心によって
私を苦しめた
生きる諦めが屠らなかった
苦悩の中性に己を図る術も
産まれた私には最初から
存在していなかった
休息亡き救済を
救い無き救済を
一途に求め哭き慟哭を

努めさせてもらえるのなら
言うべき事は一つ
お願いなどしないから
私から見た自分を下さい
自分をただ愛する心を
私に見させて下さい
生きる理由と死ぬ理由に
自分を選択させてくれたら
私の倫理は
愛する自分に正しく私が導かれて
共に死んでもいい私を生かす道徳を
殺してくれるから
即ち
私が私を殺す覚悟という愛に
自分が微笑んでくれるから

最期の晩餐

薫りの四肢を一口味わう
匂いの苦さ
触感の鈍さに
使ったナイフは破片が意思を持ったと
言い訳して
奥行き貪る饕餮の如き血に
自らを染め上げる
往来に楽の愛しむ心のゆとりに
フォークは突き刺す四肢を顧みず
安心に身体へ血を濡らす化け物
ナイフは同類だと思わないフォークの

血腥い回路に加担する心を省みず
不安に心へ血を意義する魍魎
お皿の上で軽い接吻を交わす甲高い音に
同類相憐れむ者達としての逃避が
私を遠くまで咀嚼させる
薄紅色の唇に
私は己を喰ってしまった共犯者へ
この晩餐会を指名する

憎悪

生まれ変わりは私の中で
この骨が抉れる香りに
嫌悪を示して
皮膚と共に淘汰されたのにも拘わらず
死は生まれる
人生として始まる逝く末に
ただ私は生まれ堕ちるばかりで
天秤を賭けられた
天使と悪魔は
睨めっこ
生命を賭ける呑気な戦いに

私は大欠伸をしながら
自らの首を裁く
裁判官
天使は堅実な検事
悪魔は誠実な弁護人
彼らは共に涸らされるとも知らずに
私に取り入って媚びを売る
忖度人
どうも足元を掬われるまで
甘い蜜を吸わないと
気が済まなさそうなので
私の生命を賭けさせて
差し出させる
私の命は被告人
被告に相応の罰を下す事で

彼らは命の血へ群がる
自ら同士に許しを与えては
私に罪を擦りつける
骨の匂いといがみ合う皮膚の音
彼らには聴こえないみたいなので
私は判決を下す
〝死刑〟
無事に死を被る私は
生命を生まれさせる逝く末に
大満足
堅実な検事と
誠実な弁護人は
役目を終えさせられたので
ただの天使と悪魔に
成り下がる

彼らは私を救うつもりで
私は彼らを掬ったよ
いつまでも生きる苦悩に
希望を夢見て
二人仲良く
生に死んでね

判決

蠱惑の滴り落ちる永い裏切りを
見えるに事足りる愛として
許そうとした君が
愛を裏切っている事に
赦しはしないと
私は誓う
〃意思剥奪の忘却に悲しみを覚えられぬ人間は〃
〃自らが他人に忘れられる事を良しとせぬ〃
劈く心に暴挙の言葉をかけたら
言葉は心の大地の隙間へと駆け落ち
敢えなく負けてしまうね

大地は言葉を抱きしめないのに
呑み込まれた言葉は懸命に
裂け目を駆け巡る
これが人間の罪悪という起源だよ
往々と彷徨している言葉が
大地の胃の中を純粋に苦しめる
弱さを吐き出せたなら
その者は罪悪で傷つく事も厭わずに
自らへと駆け堕ちる
深く強い人間だ
〝遠ざかる言葉で回り道を他者に図ろうとする人間は〟
〝その相手に対する好意故の罪悪か〟
〝はたまた〟
〝その相手に対する罪悪故の好意か〟
心配をひけらかす手の揺さぶり

お別れの合図は
本当に
お別れすると思っているのか
お別れしないと思っているのか
頭に押し負けた私のような人間には
気持ちなど鐚一文も分からない
気持ちが頭を殴りたいのならば
殴ればよい
私は気持ちを抱きしめて
こう問うから
〝君が殴るに至るくらいの辛さを〟
〝どうして誰も〟
〝理解してくれなかったのだろうね〟
会いたい事と
逢いたい事は

違う
会えれば逢えなくとも
十分だと誇る人間には
逢ったとしても会えなくなる危惧を
涙の無言で訴えかけた精神は
当て所なく分からないだろうに
気持ちが裏切る時は
いつもいつも
鈍い鈍い夕焼け空の血を見て
傷ついている
〝貶す捗々しい賞賛に憂う重苦しい気持ちを〟
〝差し出せば良いと思っているのなら〟
〝その者はその者自身の気持ちが〟
〝生贄に捧げられた苦悩を頭で〟
〝知る由もないとする〟

裏切られた愛を裏切る気持ちに
罪悪の畔を詰め込んで
甚く涙を溜め込めば
その者を溺死させる罰は
とっくに罪を問うている
〝生まれた事を後悔しているか？〟
〝蔑んだ気持ちに逢えない事を苦悩しているか？〟
〝それとも〟
〝愛が欲しかったか？〟
〝愛する事も愛される事も厭わずに〟
〝ただ空の血の鉛を見て〟
〝恋焦がれたか？〟
〝ならば〟
〝君は溺死したいのか〟
〝焼死したいのか〟

〝刑を選びたまえ〟

〝もしそれでも〟

〝君の気持ちを君自身が手にかけるなら〟

〝刑を下してくれる人物が〟

〝誰なのか〟

〝選びたまえ〟

吹くなるは黒の重い

存在の寝苦しい幼気な夜の眠りが
星々を連想させる溜め息にもならない事
私は残念で致し方の無い
睡る退屈を忘却に焼け溶かし込む眠りに
櫛を梳いて梳かそうと
私の苦しみに引っ掛かる
痛みと共に生涯を生きてくれた筈の
哀しみは黙禱でしか涙を見せない
それが正しさ漂う匂いに纏わりついていたから
誤解してしまう事の後悔は漫ろ
回想に生きる楽しさと喜びは

血反吐を嘔吐しながら漫ろの後悔に
しがみついている
見ていられないのは見ている証拠
私はただ私を囚われさせた生きるに
可哀想と口づけは交わせない
最も立派たる芝蘭之化は
夜の断きに唯我として溜め息を漏らす
月明かり

タナトス

〝貸与した権利主義の露呈を〟
〝犇めき合う言論を有する口で〟
〝敢えて何も発さない会話が〟
〝見事な迄の塵となった私に〟
〝神は沈黙で問いかける〟
〝幸せ賜わろうに嘆かわしい告解の〟
〝胸に秘めたる憧れが〟
〝汝を救ってくれる涙だと〟
〝信じているのならば〟
〝それは勘違いだ〟

ごろごろの一瞬が
大層な御気分か泥濘の御身分か
行方も明かさず
そこいらに散らばっている
高揚の御機嫌は忘れ去られ
御機嫌の高揚は忘れ始めた
酷い冷や汗が延びる重力の先に
私が存在しない事を知って以来
瞬間を連ね踏んでいた時間の
微睡う従い損ねた憤怒に表情を取られた
馬鹿な様子が私に似ていたので
こう問いかけた
君が明かさないのは
逝方だろう？

〝死して尚、手に入れられないものなどない〟
〝叫喚の順番が汝には退屈なだけだ〟
〝相似と類似に認められる対義は〟
〝そもそも個別性など捨てている〟
〝無の襲われた死に残らないものは〟
〝民衆が囚われた相対性に〟
〝捉えた視線をいつまで経っても〟
〝忘れられない事だ〟
〝民衆達には平等の権利として〟
〝何も残らないという意識が〟
〝死によって忘れられる特権が〟
〝あるのではないか?〟
〝けれども汝!　懼れてはならぬ〟
〝死に傅く為の早まりを〟
〝まだ決断するでない〟

〃賢人は言った〃
〃或る自らが齎す焦燥に与えられるのは〃
〃一般性の目論む出来事〃
〃普遍性は汝自らに還させるべきだ〃
〃だから、汝は〃
〃己の瞳にしたものに罪悪を抱かない事を〃
〃恐れてはならぬ〃

野暮ったい青さの火が
覗き込む私の口角を
横に引き延ばす線引きされた作戦は
見事な迄に功を奏したご様子で
私を笑顔にしてあげる名目の
優しさが含み笑いする分には
許されると思っている甘き火の粉達

笑わされた数だけ
火傷する私の傷も
優しさの内らしい
だがしかし
お前のような情け深いものも
私の手にかかれば
最も簡単に水の沾しを
与えてあげるよ
私から離れられない傷の無邪気さと
お前から離される火の粉達の断き
どちらが子供で
どちらが子供のような無垢を
取り戻すに相応しい
死に似つかわしいのか？

〝祈りの戴きに頭を垂れる者よ〟
〝汝、質問をさせてはくれないか〟
〝約束足る花押へ綴る切り札は〟
〝裏切りを赦してしまう〟
〝誓い成る無言へ紡ぐ惹起は〟
〝赦しを裏切ってしまう〟
〝汝、お前のように擦り切れた〟
〝砂岩の如く潮流してゆく精神を〟
〝真実だと思い過ごせないのならば〟
〝教えてくれないか〟
〝裏切りと赦しのどちらが〟
〝お前にとって偽物なのか〟

首を刎ね取られた道徳は
ぎょろりと私を見た

お前がした決意に
約束と称しておいて
我を断罪する記憶が
反芻する事は
お前が一生己自身の裏切りに
苛まれる運命だからだ！
微笑みなど見当たらない
減らず口の唇に
私は誓いを譲った
断面の滴る血が手に拭わせた
その死を口紅のように
唇へ纏わせる
私は話す
貴方の首は刎ねられた数だけ
思い返した回想の数だ

麗しい白い肌には
鮮やかな色の香りが必要
教訓めいた穏健に
貴方のような苛烈主義は
似合わないよ
権力の道徳としてではない
信ずる疑いの心酔に負けない
見えざる無の倫理が
私を生かしてくれる
だから信じてはくれないか
何も残らない無に求めない
見返りとして
貴方を裏切る事で
赦されない手についた血が
私へ死を赦す事を

忘れてほしい
そうすれば
見返り無き見返りが
私を死なせて尚
生かしてくれる誓いになるから

〝形態の翅に天使が宿るのならば〟
〝宿らせた生の罪さえも〟
〝形態に押しつける翅は悪魔だ〟
〝汝は知っていて〟
〝形態の迂路を探そうとしたのか〟
〝それとも〟
〝汝は理解していて〟
〝翅の悪魔に誓おうとしたのか〟
〝偽物が汝自身なら〟

〝その名に死を与えてもよいのだと〟
〝思った風の吹聴が〟
〝汝という己の名を〟
〝教えてはくれなかったのだね〟
〝瞳にする風の畝りも水の火に〟
〝地面と空が接吻する間を〟
〝逍遥して肘をついては見下ろす翅が〟
〝汝には見下ろされる影にもならない〟
〝魂の匂いが立ち込める色気は〟
〝汝を苦しめるばかりだ〟
〝ただ弱くさえあればいいものを〟
〝在る強さは有る強さに便宜性で負けた〟
〝だから脆いのだ〟
〝けれども汝よ！〟
〝心臓を捧げるのは〟

〝己の名を理解してからにせよ！〟

空間が痛い
音は匂い
時間は暑い
恐怖は硬い
不安は愛らしい
憂鬱は美味しい
楽しみは騒々しい
喜びは恭しい
肉体は黒い
精神は白い
有は類さない
無は優しい
天使は惨い

悪魔は芳しい
生は姦しい
死は貴い
自分の名は美しい！
ただそれだけ

〝演劇賜るに似つかわしい世情が〟
〝何故として汝の意識にそぐう〟
〝死の悲劇賜る事に恐れを成すのだ？〟
〝未来をなぞる為の過去に〟
〝焦燥を窒息するほど詰め込まれた〟
〝現在にはもう息が無い〟
〝空間の隔てる人間を餞として改葬した〟
〝時間に隔てられない者には〟
〝死の未来来を臨んで〟

〝生き続けられる思想を看破する資格がある〟
〝尤もらしい蒙昧の味は〟
〝堪える程美味しいこの世の御馳走〟
〝指先まで綺麗に揃えられた腕達は〟
〝今にも手を上げて叫び出しそうであるのに〟
〝汝にかまけていられない鼠は〟
〝美しくない自身を綺麗だと宣う事で〟
〝誤解しようとしている〟
〝汝〟
〝美しさは綺麗なものではないが〟
〝何故に存在出来ると思う？〟
〝さすれば〟
〝汝の綺麗な姿を美しいとは〟
〝言えないのだろうか？〟
〝我には笑顔しか向けてやれない〟

〝何故なら〟
〝汝を救ってはくれない〟
〝空と接吻し続け黙り込む方が〟
〝死に見惚れてくれると思ったからだ〟

後悔の音色が蓄音機から聴こえる
凄まじい程歪んだ機械から
狂おしい程穢れた音の秩序
よく隅々まで手入れされた拍手として
理性のコートを畳む
コート掛けに選ばれたのは感性
安心して賜われる感覚で
劈く叫びを聴きたいのだよ
美しいものは優しさを持たない惨さ
もとい

冷たくせざるを得ない冷凍の血
綺麗なものより保存し易いのだから
ずっと見ていられる
叫びはいつまでも響いて
私を潰してくれる美しさに成り果てるのだから
けれども
不思議なのは
蓄音機紛いの鉄が醸す
私の名
どうにも
私という存在には荷が重すぎる

〃惨き誼の一存に罵声賜いて〃
〃汝を取り持つ言論には〃
〃その者の恐怖が隠れているものだ〃

〝綺麗な汝を魍魎に変貌させない為の罠か〟
〝美しい汝を跋扈する気狂いに〟
〝落とされそうになった為の否定か〟
〝恐怖は結末見紛う愛に〟
〝己の羽先を千切る契りを舐る翅を〟
〝刎ねようとしていた〟
〝恐れた眺望に独尊の悦が舞い落ちる〟
〝堕ちた羽先を恐怖に差し出し〟
〝翅は言う〟
〝君に口紅は似合わないね〟

水の鋭利な瞳が
悔い入る私の耳に
粧い噛み締めて
鴛鴦のような

郷愁と遭わせるに違わぬ
平行と垂直に均衡された操り殺人
水は甘い心を捧げてはくれたが
私に優しい心を向ける事は無かった
滴る床を濡らしてあげる優しさに
私が選ばれる事はついに無かった
静寂に認識する認識に静寂
粧いを引く耳が
しじまを捉えられない私に囚われる
紅を引くのは唇だ
知っていても尚
寄り添ってくれない水は
涙であったと
私は気づいたよ

〝甘き優しみ得る壘に〟
〝優しき甘えられる回想を見たならば〟
〝その者は後悔し始める〟
〝何故なら〟
〝見えていた時は〟
〝もう既に観える認識から逃げ惑ぃ〟
〝手のひらへ一線を引くからだ〟
〝汝〟
〝人間存在として至らしめるに存続させる〟
〝観性など捨ててしまえ〟
〝驕り昂った視界が〟
〝騙るに余り有る好意の囁やかしで〟
〝己から逸らそうとするな〟
〝汝は〟
〝何も唇から伝い落ちる死に〟

〝言葉の振動を振り翳さなくとも〟
〝美しいからだ〟
〝綺麗に具わる意思の袂は〟
〝悔恨伝う心臓ではない〟
〝己を有る便宜性へ圧し潰し〟
〝記憶が類推した名に〟
〝恐怖の体裁で指揮を取る〟
〝生自身である〟
〝死を被らせた言葉に〟
〝生きるべき存在の誰が掻い摘まれているか〟
〝理解した人間に恐怖は〟
〝逢える祝福として〟
〝その者自身を献呈差し出すに至る〟
〝繊細な香りが口紅を漂う〟
〝色香の死へ口づけした〟

〝汝である私に逢えて〟
〝我幸いなり！〟
〝だから教えてはくれないか〟
〝誰という汝の存在に相応しい〟
〝己の名を〟

嘘

私と同類のご学友の諸君
是非、聴きたまえ
この私の理論
〃凡そ詮ずるに値しない概念であるが〃
何故かくも素晴らしいのかについて
君達には理解して頂けるであろう
尚、この話を皆に聴かせるにあたり
予め感謝を伝えておこう
〃仰々しいお辞儀に微笑みを添えて〃
では先ず
有象無象に感じる心であるが

これは誤解しないでもらいたい
確かにこうした感覚は
他者に向き易い
これは容易であるだろう
ふむ、同意をありがとう
〝さほど思ってもいない感謝を述べる〟
差し当たりこの感覚を
他者に示そうと
己に示そうと
大した違いが無い
何故なら
前者はこの感覚に他者の彩りを加え
己があたかも崇高な人間であるかのように錯覚する
有象無象人間の出来上がりであり
まあ、有り体に言うと

ただの有象無象である
何と！
何と何と！
この場合の人間は
己が有象無象である事を
こんなにも容易い方法で
証明してしまったに過ぎない！
〝ここで拍手が拍車をかける妄想〟
しかしながら
この感覚を己に示した場合
虚弱な肉体は忽ちに耐えられず
有象無象と化すが
これは他者から見えた評価であり
余り得と言えるものではない為
気にしなくても良いだろう

〝優しさを見せかける伏し目〟
だがこうした人間の精神は
有象無象だと示す己の心が
そう信じている場合に於いて
有象無象ではなくなるのだ！
諸君、他者を何であれ
見事な迄の秩序だと
思い込む事は止めたまえ
彼らは只の羅列であり
秩序とは訳が違う
はて、何の話だったかな？
〝実際には記憶が残っているだけで覚えてはいない〟
何故、精神が有象無象だと
思う場合に於いて
有象無象ではなくなるのかについてであるが

諸君
人間の知性とは何であるかね？
挙手を願おう
〝皆の顔はぼんやりと認識〟
そこの君
どうぞ、答えてみたまえ
ふむ
なるほど！
考えた事が無いと！
君
それは素晴らしい意見だ
では、私がお教えしよう
〝共感される気の無い理解を求む〟
ご学友の諸君
君達は

いや、人間というものは
嘘を吐く事が出来るであろう？
皆誰しも
虚偽を蓄えているものであるが
この嘘というものは
他者に対して吐く嘘では無い
そんな事は善かろうと悪かろうと
どうでもいい
しかし！
どうでもよくない
真の嘘というものは
己に対して示せる嘘である！
皆誰しもが
ご学友の諸君も
そして素晴らしきこの私も

己の中に
嘘を飼っているものだ！
〝紅潮した顔の裏には凄まじい冷徹な精神〟
つまり
有象無象そのものであると
己の精神が己に於いて信じた時
人間の天邪鬼は真に発揮され
その人間は有象無象ではなくなるのである！
よもや勘の良いご学友は
お気づきであろうが
そう！
信じるという気持ちは
疑っている心から成り立つのだ！
人間はそんなにも
綺麗で誠実ではないからこそ

そうした虚偽を己に纏える人間が
真に賢い知性を有する！
かくも美しき人間！
ご学友の諸君
私を見習いたまえ
私がその美しき人間の見本である！
〝本当か？〟
本当だ！
〝君は美しいか？〟
私は美しい！
〝君は賢いか？〟
私は賢い！
〝君は素晴らしいか？〟
私は素晴らしい！
〝……なるほど〟

〝君の理論は素晴らしいよ〟
〝君自身がきちんと体現している〟
〝君が〟
〝君自身に嘘を吐いて〟
〝己が素晴らしくないと真に思っている事〟

神の存在証明

諦めた平和のめくるめく理想に
私が世を意味無きものとして
自由の断罪をこうむる罪に
私自身が犠牲になる罰を
論告しようものなら
神の有する美しきこの世に
叫びを上げた私の事を
お許しになるだろうか
罪が私をけしかけるなど、誰が言った？
真に私を掻き立てるものは、罰であるというのに！
罪があるから罰があるのではない

罰を創り出して罪を引き寄せるのだ
後から私の元へ！
神よ
お前は全てを許そうとするのだろう？
いや、赦そうとするのだろう？
ならば
お前が赦したいが為に
私の罰が創り出す罪を
利用している事は
私が許さない
神よ
お前を私の存在に懸けて
未来永劫、赦しはしない
お前のその利己心で
私を私の犠牲にさせようとした事

私は忘れない
けれども、神よ
私は決してお前に怒っている訳ではない
何故なら
お前の利己心を感じ取れるのは
私の中にも利己心があるからだ
神よ
私はお前に親近感を感じている
何故なら
私がお前を許せないのは
赦したくないのは
お前の全てを赦したいからだ
神よ
私とお前は似ている
私は私の事を信じている

だから、お前の事も信じている
信じているから
お前を糾弾し
お前の存在を信じないのだ
神よ
私はしばしば
私自身を糾弾し
私自身の存在を信じない
いや、実在を信じないと言ったところか
いずれにせよ
私は私自身を
信じているからこそ
疑心暗鬼になるのであり
お前への疑心暗鬼へと
立ち向かうのだ

神よ
それならば、提案がある
質問とも言えよう
お互いがお互いの中に溶け合わないか？
疑心と欺瞞だらけの両者は
共に仲良く出来る筈だろう？
いや、これは余りにも好意的過ぎるな
有り体に言おう
神よ
お前は私だ！
ならば共に
お互いを道連れにして
幸福の生存が叶わない
死に塗れた
苦しみという

幸せになろう！

第十五候虹始見

物嘆かしき赤
鼻まじろしき橙
心見透かしき黄
おどろおどろしき緑
恭しき青
抑えられしき藍
堪え難く優しき紫
朝に見えるのち東は雨
夕に見えるのち東は晴れ
雫が陽を受けて
雫を気が受くる

三者の心中たるや
際の目路に映る色で
心得るものならず

掻き負ふ汝の御心と其の問ひ

艱難汝を玉にす
其れは経験故の真か
或いは敬虔故の真か
前者は驕り足り得る御心で御座せられ
後者は遜り足り得る御心で御座せられる
驕る平家は久しからず
遜る世界は久しからふ
汝
憂しき思ひで悩める事を踏み止むまじき
誰も誰も其の悶みを顧みる者は非ず
其れが能ふのは

汝
貴方だけ
声を振り翳す民の高慢な愚答には
言を振り翳す汝の慇懃な問ひを
死に向かひて
抗拒な振る舞ひで竟には
御身を以てして平伏すのならば
高邁な振る舞ひで日には
御心を以てして捧げ尽くせ
何故なら
汝の心は美しい故
激しき情緒に其の御心を翫ばれる所以
はたまた
汝の心は懼れる故
尊き哲学にその御心を悟られる所以

汝
其の御心に抱かれた素晴らしき思想を
誇りと思ひ賜へ
それでも何某かの苦悶で生き煩ふのであれば
汝自らの御心に返り賜へ
汝
而して
私を面影にし賜へ

著者プロフィール
月田 小雪（つきた こゆき）
2002年２月20日生、兵庫県神戸市出身。
神戸市立塩屋中学校在学のち新宿区立西新宿中学校卒。
現在、東京都在住。

自分

2024年４月15日　初版第１刷発行

著　者　月田 小雪
発行者　瓜谷 綱延
発行所　株式会社文芸社
〒160-0022　東京都新宿区新宿1－10－1
電話　03-5369-3060（代表）
03-5369-2299（販売）

印刷所　図書印刷株式会社

ISBN978-4-286-25200-1